RITA MARIA HADLER

Mit Kind und Kegel nach Australien

DIE ERINNERUNG BLEIBT

ÜBER DIE AUTORIN

Jahrgang 1946 ist gebürtige Hamburgerin und lebt jetzt im Harz, sie ist verwitwet, hat drei Kinder, neun Enkel und vier Urenkel. Ihr Berufsweg führte sie über Buchhaltung und Kasse bis in den Pflegedienst und die Gastronomie. Seit dem Rentenbeginn widmet sie sich neben ihrem sozialen Engagement mit Leidenschaft dem Schreiben. Ihr erstes Buch, *Mittendrin*, erschien 2011, ihr zweites, *Mit dem Herzen dabei*, veröffentlichte sie im Jahr 2013.

RITA MARIA HADLER

Mit Kind und Kegel
nach Australien

Die Erinnerung bleibt

Bibliografische Information der Deutschen Nationalbibliothek: Die Deutsche Nationalbibliothek verzeichnet diese Publikation in der Deutschen Nationalbibliografie; detaillierte bibliografische Daten sind im Internet über http://dnb.dnb.de abrufbar.

2. überarbeitete Auflage Feb. 2016

© 2015 Rita Maria Hadler

Cover: Dr. Gabriele Hefele, gh@Bioranch.com

Lektorat: BoD – Books on Demand

Fotos: Rita Maria Hadler

Herstellung und Verlag: BoD – Books on Demand, Norderstedt

ISBN: 978-3-7386-2069-6

Meinem geliebten Johnny

Er hat mich durch seine Erinnerungen an die Australien-Erlebnisse sehr unterstützt, sodass ich vieles auch nach 42 Jahren noch so erzählen kann, wie es sich zugetragen hat.

Vorwort	7
Wie hat alles angefangen?	8
Unser Plan nimmt Formen an	11
Erst Helgoland, dann Abschiedsparty	13
Vorbereitung und Abflug	18
Per Express nach Melbourne	22
Der entzündete Finger	26
Australischer Führerschein	29
Aus unserem Fotoalbum	33
Kindergarten	35
In der Stadt Melbourne	40
Was nun?	43
Unsere Erkundungsfahrt	46
Die Hauptstadt Canberra	52
Der Zahnarztbesuch	57
Keine Aussicht auf Arbeit	59
Rückkehr nach Deutschland	62
Wieder in Deutschland	69

VORWORT

Es ist Januar und täglich kommen Meldungen aus Australien, wo riesige Feuer wüten bei Temperaturen von 45 Grad und mehr. Und das, obwohl dort erst Frühling ist. Mehr als 200 Häuser sind schon zerstört, so heißt es. Hitze und Wind fachen die vielen Brandherde immer wieder an. Mehr als 1500 Feuerwehrleute aus dem ganzen Land sind im Einsatz, so hören wir täglich.

Da – ganz plötzlich – schweifen meine Gedanken zurück zu unserem Abenteuer, welches Australien hieß. Alles liegt über 40 Jahre zurück. Genau gesagt, 42 Jahre. Jetzt werde ich darüber schreiben.

Rita Maria Hadler

Wie hat alles angefangen?

Irgendwie haben wir uns in unserem Umfeld nicht mehr wohl gefühlt. Wir wurden einfach nicht akzeptiert, immer nur als Kinder von sehr gut situierten Eltern gesehen, wurden beneidet und irgendwie hatten wir immer das Gefühl, als ob jeder auf Fehler von uns wartete.

Viel zu früh – wie ich heute ja auch finde – haben wir, noch nicht ganz 20-jährig, geheiratet. Ein Baby war unterwegs. Die Antibabypille war noch weitgehend unbekannt. Unsere Liebe aber groß!

Wir sind in ein Haus in sehr guter Wohngegend gezogen, das mir von den Eltern geschenkt wurde. Dies war aber immer mit der Pflicht zur Dankbarkeit verbunden.

Kurz nach der Hochzeit musste mein Mann seinen Wehrdienst ableisten. Er wurde in Lüneburg stationiert. Danach begann er in der Firma meines Vaters zu arbeiten, im Tiefbau, Bereich Wasserversorgung. Ich finde, das war ein Fehler. Denn so hatten die Eltern uns immer völlig unter Kontrolle. Wobei ich auch noch die Buchhaltung und den Telefondienst übernommen habe. Das wurde voll ausgenutzt und als Schlusssatz kam immer: „Wir meinen es doch nur gut und wollen euch helfen."

Kann ja alles sein. Aber wir, besonders ich, wurden immer renitenter. Die Gedanken waren schon früh auf Veränderung gepolt.

Die Familie meines Mannes ist eine Kaufmannsfamilie in dritter Generation. Sie hat sich gar nicht für uns eingesetzt. So nach dem Motto: Was sollen wir dabei tun? Die Mutter war leider schon ein Jahr vor unserer Hochzeit verstorben.

Wir sind ja in eine Klasse gegangen damals und hatten eine Schulkameradin, die, als sie 13, 14 Jahre alt war, mit ihren Eltern und ihrer jüngeren Schwester nach Australien auswanderte. Bis heute lebt Doris mit ihrer Familie in Melbourne. Sie hat uns damals immer zum Rüberkommen animiert.

Schon mit 24 Jahren hat mein Mann die Meisterprüfung im Brunnenbauhandwerk absolviert. Das war meinem Schwiegervater natürlich nicht recht, denn er sollte eigentlich, wie seine zwei älteren Brüder auch, Kaufmann werden. Aber so ist eben das wirkliche Leben.

Die Lehrer meines Mannes rieten ihm, sich unbedingt weiterzubilden, da sie ihm großes Können attestierten. Natürlich war ich richtig stolz auf ihn. Aber mein Vater hat das alles rigoros abgelehnt und moniert, dass es gar nicht nötig sei, weiterzumachen.

Wir bekamen inzwischen unser drittes Kind und waren ja finanziell abhängig. Zuschüsse erhielten wir nicht, da wir durch das Haus vermögend seien, wie es hieß. Wir konnten uns von der großen Abhängigkeit nicht erfolgreich lösen und so reifte immer mehr der Gedanke an das Verschwinden heran.

Unser Plan nimmt Formen an

Doris schrieb uns ständig, dass wir doch endlich kommen sollten. Übrigens war der Urgroßvater meines Mannes schon vor langer, langer Zeit per Schiff nach Australien gereist. Damit steckte die Abenteuerlust wohl schon in den Genen meines Mannes. Wer weiß?

Schließlich haben wir ernsthaft nachgedacht und uns dann bei der Botschaft erkundigt, was alles zu machen sei, um die gewünschten Vorgaben zu erfüllen. Wir erfuhren dort auch, dass Australien sehr stark an jungen Familien interessiert ist, die dazu noch beruflich ins Schema passen.

Ein Wasserversorgungsspezialist war sehr gefragt. Also sind wir eines Tages nach Köln und haben uns die Ausreiseformulare besorgt. Als Tourist konnte man jederzeit nach Australien reisen, aber für ein dauerhaftes Leben und Arbeiten war mehr erforderlich:

- Man musste sich über die Botschaft anmelden. Einfach als Reisender im Land zu bleiben, war nicht erlaubt.
- Pockenimpfung wurde vorgeschrieben und jeder brauchte einen Ausweis. Die Kinder konnten nicht wie üblich mit bei den Eltern vermerkt werden.
- Natürlich musste man ein Gesundheitsattest vorlegen sowie
- ein Führungszeugnis. Man durfte also keine polizeilichen Eintragungen haben.

Voller Elan haben wir alle Vorgaben erfüllt.

Meine Eltern waren natürlich total entsetzt über unseren Plan und wollten ihn uns unbedingt ausreden, indem sie alle möglichen Minuspunkte in Bezug auf unser Vorhaben aufzählten.

Aber uns haben die Versuche, uns zum Bleiben zu bewegen, nur noch entschlussfester gemacht.

Erst Helgoland, dann Abschiedsparty

Als Erstes haben wir nach der Zusage des australischen Konsulats eine Fahrt mit Kegelfreunden nach Helgoland gemacht, mit dem Schiff von Hamburg aus schon ganz früh am Morgen. Mein Mann ist direkt seekrank geworden! Es hat aber auch stark geschaukelt, besonders beim Ausbooten.

Ein Superflair hat die Insel und zollfrei einkaufen konnte man auf Helgoland auch. Außerdem dachte ich, dass ich wieder schwanger wäre. Mein Gefühl hat sich aber nicht bewahrheitet. Schade eigentlich, obwohl das ja erst einmal wieder viel Arbeit bedeutet hätte. Unser viertes Kind wäre dann ein Australier geworden.

Später sind wir noch eine Woche in den Schwarzwald gefahren, in die Nähe von Freudenstadt am Titisee. Wir waren mit unseren damaligen Nachbarn und ihren zwei Töchtern unterwegs. Dort hatten wir eine Ferienwohnung gebucht und haben natürlich viel Schönes unternommen.

Anschließend waren wir in Rüdesheim am Rhein und wie jeder Tourist auch in der Drosselgasse. In den Gärten links und rechts dieser urigen Straße haben wir verschiedene wohlschmeckende Weine probiert und sind dabei richtig in einen Rauschzustand gekommen. Ganz zum Schluss waren wir noch ein paar Tage in Dänemark. Hat uns super gefallen dort. Im Tivoli in Kopenhagen habe ich meine wirklich gute Sonnenbrille auf dem Tisch eines Kaffeegartens liegen lassen. Noch heute ärgere ich mich manchmal darüber, denn eine solche habe ich nie wieder irgendwo entdeckt.

Diese Fahrten haben wir noch gemacht, weil wir ja dachten, dass wir nicht mehr hierher zurückkommen würden.

Als wir wieder von der Deutschlandfahrt beziehungsweise der Dänemarkreise zurück waren, haben wir bei uns in der Garage noch eine Abschiedsparty gegeben – mit Erdbeeren auf andere Art!

Ich weiß nämlich noch, dass es frische Erdbeeren gab, die ich, wie sich später herausstellte, nicht gezuckert, sondern gesalzen hatte.

Weiß war ja beides, aber was soll ich sagen, niemand hat dazu etwas laut gesagt. Alle haben tatsächlich weitergegessen, so nach dem Motto: Bloß nichts sagen, die anderen sagen ja auch nichts und essen weiter. Obwohl es doch sicher komisch geschmeckt haben muss, auch wenn die Schlagsahne das Ganze ein bisschen abgemildert hat. Vielleicht sind die Erdbeeren heute eine neue Kreation in dieser Form.

Damals kam mir schon in den Sinn, dass das Gruppenzwang war. Aber im Nachhinein würde man darüber herziehen. Ich habe dann alles eingesammelt und weggeschmissen, nachdem ich die Erdbeeren endlich probiert hatte. Was soll's. Nur komisch, dass ich heute gerade diesen Vorfall noch im Kopf habe.

Wir alle haben dann natürlich auch über unsere große Reise diskutiert, es sollte ja sogar mehr als nur eine Reise sein. Verwandte und Freunde waren über unser Handeln geteilter Meinung. Die einen fanden es unmöglich, sich mit drei kleinen Kindern so weit weg zu trauen. Die anderen haben uns bewundert, dass wir so ein Wagnis eingehen wollten. Aber es war auch zu hören: „Von euch sind wir ja schon einiges gewohnt."

Cora, unsere erste Schäferhündin

Wir wollten sie unbedingt mitnehmen, denn besonders meine Liebe zu dem Hund war riesengroß. Dafür wurden harte Regeln aufgestellt.

Zuerst war eine Sterilisation nötig und dann musste der Hund nach England in Quarantäne und zwar mindestens für ein halbes Jahr. Inzwischen weiß ich, dass wir nicht genug an den Hund gedacht haben. Er hätte in eine Pflegefamilie gehört, um die Strapazen für ihn abzuwenden. Aber ich hatte wirklich Angst damals, dass ich unseren Hund nicht wiedersehen würde. Natürlich hat er sich auch mit meinem Mann und den Kindern gut verstanden.

Vorbereitung und Abflug

Als wir dann den Hund in London wussten, haben wir Hausrat und Bücher verpackt. Vieles wollten wir mitnehmen, aber das war natürlich auch aufwendig und teuer.

Das Haus haben wir vermietet. Die Eltern wollten sich darum kümmern. Später sind sie dann sogar selbst eingezogen. Die Spedition Schenker war Übersee-erfahren und hat sich um alles weitere gekümmert.

Anfang August sind wir dann mit unseren drei Kindern, fünf, vier und ein Jahr alt, ein paar Koffern sowie Ausweisen und natürlich Flugkarten ins große Abenteuer gestartet – was ehrlich gesagt noch stark untertrieben war. Selbst war ich gerade mal 25 Jahre alt, besser gesagt jung, aber voller Elan.

Vom Kölner Flughafen ging es per Charterflug mit Quantas, der australischen Airlines, los. An Bord waren circa 200 Personen. Im Flugzeug habe ich sofort die vorhandenen Tüten unter uns verteilt, es hätte ja einem schlecht werden können.

Die Stewardess hat mir gleich postwendend alle aus der Hand genommen und gesagt, ich höre es noch: „You don' t need it" – „Sie brauchen keine". Es wurde alles auf Englisch gesagt, auch die Erklärungen für den Notfall. Das war für uns kein Problem, besonders nicht für mich, da ich sehr guten Unterricht in der von mir absolvierten Handelsschule gehabt hatte. Des Öfteren wurde ich während des Fluges gebeten zu übersetzen, da viele der anwesenden Personen kein oder wenig Englisch konnten. Natürlich bin ich dieser Bitte sehr gern nachgekommen!

Christina, unsere Jüngste, saß vor uns in einer Tragetasche. Wir belegten also nur vier Sitzplätze. Erste Zwischenlandung war in Teheran. Damals regierte dort noch der Schah von Persien. Als mein Mann mit Stefan zur Toilette ging, waren beide total fasziniert von den Klos, die im Stehen mit Haltegriffen benutzt werden mussten. Obwohl diese Version ja sehr viel hygienischer war. Aber wir kannten diese Möglichkeit, eine Toilette zu benutzen, nicht.

Die Crew wurde während des Fluges drei Mal ausgewechselt, aber wir, die Passagiere, blieben die ganze Zeit über dieselben. Auf den verschiedenen Flughäfen waren oft zwei bis drei Stunden Aufenthalt für Wartungsarbeiten angesagt. Mein Mann fing sich auf dem Flug eine starke Angina ein, weil er die Klappe über seinem Sitz während der Nacht nicht geschlossen hatte.

Während des Fluges wurde ein Film über Australien eingespielt, sodass wir schon mal auf das riesige Land eingestimmt wurden.

Für die Kinder verteilte die Fluggesellschaft Malbücher und Buntstifte. Sie haben sich gleich mit Freude ans Malen gemacht.

Nach drei Tagen, mit Zeitverschiebung, landeten wir in Sydney. Doch wir wollten ja eigentlich nach Melbourne, worum wir uns dann gleich nach der Landung kümmerten.

Das Flugzeug durften wir, und natürlich die anderen Passagiere auch, eine Stunde lang nicht verlassen. Es wurden alle Türen und Fenster verschlossen gehalten und Desinfektionsmittel versprüht, damit wir keine Bakterien beziehungsweise Viren ins Land tragen. Dabei bekam ich schon irgendwie Platzangst. Niemand kann sich vorstellen, wie lang diese Stunde gedauert hat. Noch heute kann ich mich kaum in geschlossenen Räumen aufhalten.

Aber was soll's, wir waren da: Unser neues Leben konnte beginnen, wenn wir auch noch einige Hürden zu überwinden hatten, um nach Melbourne zu gelangen– per Zug. Denn dort wohnte ja unsere Schulfreundin Doris mit Familie. Sie hatte wiederholt Telegramme an die Behörde geschickt, um anzuzeigen, dass wir die Wahrheit sagten und wir uns kennen.

Per Express nach Melbourne

Alles wurde geprüft, denn Australien wollte seine Neuankömmlinge in Sydney behalten. Später haben wir aus einer deutschen Zeitung erfahren, dass eigentlich keine Einwanderer mehr nach Australien kommen sollten, da es wegen einer Wirtschaftskrise keine Arbeit gab. Nicht für die eigenen Einwohner, also auch nicht für Neubürger.

Doch zurück zum Flug beziehungsweise zur Ankunft. Nach dem Aussteigen wurden wir in sogenannte Hostels gebracht, wo wir übernachten konnten und natürlich auch mit Essen und Trinken versorgt wurden, nachdem die Papiere überprüft worden waren. Nach ein paar Tagen durften wir, man konnte es gar nicht glauben, Sydney in Richtung Melbourne verlassen.

Ganz früh am Morgen wurde an die Tür geklopft, wir sollten mit Kindern und Koffern in einer Stunde herauskommen. Wir wurden dann abgeholt und mit einem Kleinbus zum Bahnhof transportiert. Mit dem Flugzeug nach Melbourne zu reisen lehnten wir entschieden ab. Da uns der Flug aus Deutschland noch immer in den Knochen saß, hatten wir direkt darum gekämpft, per Zug ans Ziel zu gelangen. Die Fahrt würde über zwölf Stunden dauern, wie wir mitgeteilt bekamen. Wir nahmen dies in Kauf. Außerdem konnten wir so die schöne Landschaft richtig genießen. Beim Aus-dem-Fenster-Schauen konnten wir die Weite des Landes direkt spüren.

Wir starteten mit dem Intercapital-Daylight-Express ab Sydney morgens um 7.45 Uhr, die Ankunft war für circa 8.30 Uhr abends in Melbourne vorgesehen.

„Willkommen an Bord", hieß es, und zwölfeinhalb Stunden lagen vor uns. Mit drei kleinen Kindern war es schon sehr anstrengend für uns, aber wir hatten Spiele und

Legosteine sowie Malhefte und Bücher zum Vorlesen dabei, so dass die Zeit „wie im Fluge" verging.

Gegenüber von uns, besser gesagt links vom Gang, saßen zwei alte Ladys, die unser Treiben mit den Kindern interessiert beobachteten. Wir kamen miteinander ins Gespräch. Später haben sie uns nach Neuseeland eingeladen. Fanden wir total nett. Ihre Adresse gaben sie uns auch noch, aber irgendwie kam diese uns abhanden. Vielleicht hätte ich mal geschrieben. Bestimmt sogar!

Der Zug hat siebenmal gehalten. Der siebte Stopp hieß Albury. Die Eisenbahnstrecke, die Standard Gaugelinie, war am 3. Januar 1962 eröffnet und am 6. April für Passagiere freigegeben worden. Der achte Halt war dann Melbourne. Endlich geschafft. Was würde uns das neue Leben bringen?

Vom Bahnhof wurden wir abgeholt und zur Registrierung und weiteren Einsetzung in einem Übergangslager untergebracht. Circa drei Monate blieben wir dort.

In dieser Zeit sollte meinem Mann ein Kurs für Business-Englisch bezahlt werden, damit er in seiner zukünftigen Firma besser zurechtkommt. Wir hatten etwas Geld mit, sodass wir uns ein Auto zulegen konnten, denn so schnell wie möglich wollten wir aus dem sogenannten Heim heraus und in eine eigene Bleibe ziehen. Wir hatten einen internationalen Führerschein, der aber nur für drei Monate gültig war. Danach würden wir einen australischen Schein brauchen, der wiederum nur mit festem Wohnsitz zu bekommen war.

Außerdem war in Australien Schulpflicht, so dass wir die Kinder anmelden mussten, auch das war nur mit einem festen Wohnsitz möglich.

Als Erstes legten wir uns einen gebrauchten Station Wagen zu zum Preis von 1.600 Australischen Dollars. Für uns war es schon wahnsinnig komisch, dass das Steuerrad rechts war wegen des Linksverkehrs.

Doch damit waren wir endlich wieder so ein bisschen unabhängig.

Der entzündete Finger

Erst ein paar Stunden hatten wir das Auto, als Stefan plötzlich zu weinen anfing und uns seinen Finger zeigte, der war rot, heiß, dick und pochte, wie er mir auf Nachfrage erklärte. Sah eindeutig nach einer großen Entzündung aus, also mussten wir dringend ein Krankenhaus aufsuchen. Aber wo befand sich eines? Wie kamen wir dorthin?

Wir also alle ins Auto und los in Richtung Melbourne. Am Fluss Yarra entlang, auf dem achtspurigen Zubringer mit Autobahncharakter, schlich die Angst zu uns ins Auto. Wie weit würden wir noch fahren müssen, bis wir das Hospitalschild sehen würden? Wo mussten wir abbiegen? Wir hatten an einer Tankstelle zwar gefragt, aber unsicher waren wir trotzdem.

Nach 15 bis 20 Minuten sollte ein großes Hinweisschild die Klinik anzeigen. Endlich konnten wir die Horrorfahrt beenden. Wir hatten es geschafft und standen nun auf dem Parkplatz des Hospitals. Jetzt nur noch den Pfeilen nach in die Unfallstation. Als wir die Tür öffneten, konnten wir drinnen die Anmeldung erkennen. Wir fünf wurden einen Gang hinuntergeschickt. Links und rechts waren Kabinen, aus denen Schreien und Stöhnen zu hören war.

Plötzlich kam ein Arzt heraus, Kittel und Schürze voller Blut. Es erinnerte mich alles schlagartig an eine Metzgerei. Aber wir konnten nicht aufgeben und einfach gehen, denn Stefan brauchte Hilfe, die er dann auch erhielt. Der Doktor kam auf uns zu, fragte, was los sei, schaute auf den Finger, säuberte ihn, sprühte Betäubungsmittel darauf, griff zum Skalpell und schnitt ihn auf. Es kam sofort Eiter raus. Die Wunde wurde verbunden, Stefan noch kurz angelächelt und schon war der nächste Fall dran.

W i r mittendrin im Chaos!

Zum Kittel- und Schürze-Wechseln kam der Doktor nicht mehr. Wir sahen noch, wie das abgeschnittene Ohr eines jungen Mannes hereingetragen wurde. Es hatte in der Nähe eine Schlägerei gegeben. Kam öfters am Sonnabend vor, wie es hieß.

Wir konnten zurückfahren und waren richtig stolz auf uns, dass wir diese schwierige Aufgabe mit Erfolg hatten lösen können.

Australischer Führerschein

Jetzt muss ich unbedingt noch daran erinnern, wie es wohl den vielen Ausländern geht, die sich bei uns in Deutschland nicht auskennen. Es wird sogar äußerst unfreundlich mit diesen Menschen umgegangen. Wir persönlich wissen, wie man sich fühlen kann, so als „Kanake" in einem fremden Land. Über jede Hilfe ist man dankbar und erfreut.

Wir wollten wieder eine eigene Bleibe haben, also raus aus dem „Lager". Die Kinder sollten ja in die Schule gehen können.

Mein Mann wollte gern einen australischen Führerschein. Dazu musste man sich auf einer Polizeistation melden, wo ein fester Wohnsitz vorzuweisen war.

Charly, der Mann meiner Schulfreundin Doris, erklärte uns, wie es gemacht werden musste: Einfach eine Flasche Whiskey und eine Kiste Zigarren unter den Arm klemmen und los. Dann würde der Führerschein ausgestellt werden. Tatsächlich ging der Wunsch meines Mannes, als er den Rat befolgte, in Erfüllung. Kaum zu glauben, aber wahr!

In der Nähe unserer Bekannten waren neue Häuser errichtet worden, einige davon sogar schon verkauft. Wir schauten uns alles an und waren auf ein Haus im spanischen Stil scharf. Da wir ja so circa 10.000 Australische Dollars auf dem Konto hatten (eine Erbschaft meines Mannes), war es möglich, zuzugreifen.

Gleichzeitig rief mein Mann wiederholt bei einer Tiefbaufirma (Bereich Wasserversorgung) an. „Drilling people", wie sie sich nannten, waren ja in ganz Australien wichtig, besonders bei der Bohrung nach Wasser, aber auch nach Öl und Mineralien. Persönlich haben wir auch nach Arbeit gefragt. Aber, wie sich später herausstellte, gab es aufgrund der schlechten Wirtschaftslage einen kompletten Einstellungsstopp.

Für uns war das ja direkt eine Katastrophe. Was nun tun? Wir wollten natürlich nicht von Unterstützung leben. Vom Gouvernment wurde für meinen Mann erst mal der versprochene Business-Englisch-Kurs übernommen. Dauer: drei Monate ab Oktober. Die Kurse sollten in den Semesterferien der Studenten abgehalten werden. Einwanderer aus vielen Ländern nahmen daran teil. Meinem Mann haben die Atmosphäre sowie die Lernweise dort super gefallen. Nach Abschluss gab es ein Zertifikat, aber Arbeit war trotzdem nicht in Sicht.

Durch einen Streik, der circa eine Woche dauerte, so erinnerte sich mein Mann, mussten alle Kursteilnehmer bis in den 13. Stock zu Fuß gehen, da der Fahrstuhl ausgeschaltet war. Ohne Strom ging ja nichts. Das alles bei über 30 Grad im Schatten. Die Klimaanlagen funktionierten natürlich auch nicht. In Deutschland wäre der Unterricht garantiert ausgefallen. Gestreikt wurde in Australien damals sehr oft, weit über 2000-mal pro Jahr. Für Arbeitnehmer und Firmen war das ein Millionenverlust. Gewerkschaftliche Forderungen wie die Mitbestimmung der Arbeitnehmer in den Betrieben waren noch nicht nach Australien durchgedrungen, so war in der Zeitung „Die Woche" zu lesen.

Aus unserem Fotoalbum

Kegelausflug nach Helgoland zum Abschied aus Deutschland

Unsere beiden ältesten Kinder im letzten Harzurlaub vor der Abreise

Stefan und Claudia mit ihrer kleinen Schwester Christina

Mit dem Intercapital-Daylight-Express fuhren wir von Sydney nach Melbourne durch die. faszinierende australische Landschaft

Unser neues Zuhause

Doris mit Kindern. Sie machte uns Melbourne schmackhaft!

Unsere Schäferhündin Cora sollte natürlich auch mit.

Fruit Fly! Strenge Vorschriften beim Reisen durchs Land

Kindergarten

Inzwischen hatten wir unsere Kinder Stefan und Claudia in der Schule angemeldet. Für die zwei wurde es ein schwieriges Einfinden. Erst einmal war alles in Englisch, dann Ganztagsschule, die ja dort schon mit drei Jahren beginnt. Und drittens natürlich die große Hitze. An alles mussten sie sich erst mal gewöhnen.

Da in der nächsten Zeit keine Arbeit zu erwarten war, überlegten wir, was wir tun könnten. Durch die Kinder kamen wir auf die Idee, vor Ort einen Kindergarten ins Leben zu rufen. Freundin Doris war auch begeistert davon und wollte mitmachen. Sie hatte ja auch zwei Kleinkinder.

Gesagt, getan! Wir ließen uns bei einem

Architekten eine Zeichnung nach unserer Vorstellung machen. Und in unserem Estate Kent Park Parade war noch ein Grundstück zu einem erschwinglichen Preis frei. Wir waren Feuer und Flamme und haben uns voll engagiert. Auch andere Mütter wollten sich einbringen.

So ein Vorhaben war dort damals selten und wir hatten schon vor Baubeginn riesigen Zulauf. Als wir die Zeichnung hatten – Plätze für 30 Kinder waren vorgesehen –, nahm alles seinen Lauf. Der Architekt reichte die erforderlichen Papiere ein und wir warteten auf die Genehmigung der Behörde.

Inzwischen haute mich, ehrlich gesagt, die große Hitze dort um und bei mir machte sich ständiger starker Husten bemerkbar. Solche Beschwerden hatte ich vorher niemals gehabt, höchstens mal eine Erkältung, die aber nach dem Abklingen wieder verschwand. Bei einem Arztbesuch wurde mir gesagt, ich hätte einen Tropenhusten, der würde niemals wieder weggehen. Nur bei weniger Hitze, also im australischen Winter, Frühling und Herbst. Jeweils im Sommer würde sich der wirklich anstrengende Husten wieder einstellen.

Waren ja Superaussichten, wie ich fand. Bei meinem Mann, der eigentlich schon immer unter starker Bronchitis zu leiden hatte, zeigte sich nichts. Auch die Kinder blieben alle verschont. Dennoch dachte ich damals, ich müsste die Sache doch irgendwie in den Griff bekommen.

Während der Wartezeit auf die Kindergartengenehmigung ließ mein Mann des Öfteren direkt vor unserem Haus auf einer freien Wiese bei Wind mit den Kindern Drachen steigen. Ich erinnere mich noch ganz genau, wie eines Tages der Verkäufer des Immobilienbüros von nebenan zu uns gelaufen kam und fragte, ob er mitmachen dürfte. Natürlich durfte er. „My name is Peter Young", sagte er, nahm den Drachen blitzschnell und lief durchs Gelände, bis dieser aufstieg. Peter meinte später auf Nachfrage: „Oh, I have enjoyed it" – „Ich habe es genossen."

Werbefernsehen

Übrigens wurde schon damals in Australien das Fernsehen auch für Werbezwecke genutzt.

Zwischen und während der Spielfilme alle paar Minuten wurde – außer für Philip Brady mit seiner Quizsendung: „It is time for the Moneymakers"„Es ist Zeit für die Geldmacher", auch Reklame für viele Produkte gemacht.

Mit dabei war die andauernde Wiederholung des Spruches: „It is the real thing with drinking Fanta" – „Das einzig Wahre ist Fanta zu trinken".

Da kann man doch mal sehen, wie dieses bei mir nachhaltige Wirkung zeigt. Auch nach Jahrzehnten noch ist es möglich, diese andauernden Wiederholungen jetzt noch aufzusagen beziehungsweise aufzuschreiben. Ist der gewünschte Firmenerfolg also angekommen. Natürlich sollte man das Angepriesene auch noch kaufen.

Der erste Besuch in einem Pub

Charly, der Mann von Doris, lud meinen Mann eines Tages in einen Pub ein, nach dem Motto: „Das musst du unbedingt mal kennenlernen". Wie wir ja wissen, durften damals nur Männer dort hinein. Für Frauen gab es einen Extra-Raum. Dies war für uns wirklich brandneu.

Für meinen Mann natürlich wahnsinnig aufregend. In Australien wurde Bier bis Oberkante Glas eingeschenkt. Ich kann mich noch genau erinnern, dass – man glaubt es kaum – mein Mann total betrunken wieder nach Hause kam. Angeblich war es, nach Aussage von Charly, der ihn wieder zurückbrachte, nur ein Glas gewesen. Das kalt Bier und 40 Grad draußen im Schatten hatten das Übrige getan. Gleich nach Ankunft ging mein Mann zu Bett. Er konnte sich nachher an nichts mehr erinnern. Später sagte er dann, nie wieder alkoholische Getränke bei Hitze. Er hat sich daran gehalten, aber schön war der Ausflug trotzdem.

In der Stadt Melbourne

Des Öfteren sind wir nach Melbourne gefahren, um uns alles anzusehen und uns ein Bild machen zu können, wie unsere neue Heimat aussieht.

Melbourne war schon damals eine riesige Stadt mit zwei Millionen Einwohnern und doch erst 150 Jahre jung. Dort konnte man sich schnell verlaufen, darum hatten wir natürlich einen Stadtplan dabei. Unsere jüngste Tochter Christina saß noch in einer Kinderkarre. Die zwei Großen waren ja bis 16 Uhr in der Schule, wo es sogar täglich, außer am Wochenende, Mittagessen gab. Übrigens muss ich unbedingt noch erwähnen, dass von rechts kommender Verkehr immer absolute Vorfahrt hatte, auch wenn es sich nicht mal um eine richtige Straße, sondern nur um einen kleineren Feldweg handelte. Für uns war das einfach nicht zu begreifen. Die berühmte Flinders-Street-U-Bahn-Station hat mich besonders fasziniert. Tausende Menschen liefen dort rein und raus.

Für uns, die wir doch aus einem kleinen Vorort von Hamburg kamen, sozusagen vom Lande, war das alles höchst aufregend. Am Wochenende fuhren viele Menschen an den Beach, wir haben da nicht mitgemacht, weil oft Haie bis an den Strand geschwommen sind. Für uns viel zu gefährlich, allein schon wegen der Kinder. Angelliebhaber sind die Australier auch. Und anschließend frisch auf den Grill mit der Beute.

Übrigens darf nach Victoria kein Reisender, zum Beispiel aus New South Wales, Obst mitbringen. Das wäre illegal. Es könnten sich Fruchtfliegen einnisten, die sehr gefährlich sein und Krankheiten übertragen und verbreiten sollen. Mit Schildern wurde darauf hingewiesen.

Victoria hatte 20 Nationalparks (Stand: 1970), aufgeteilt in verschiedene Kategorien:

Vogelpark, Wildblumen und einheimische Tiere.

Dann noch eine kleine Anekdote; Wenn man als Fahrer mal schnell austreten musste, durfte man in Melbourne den rechten Hinterreifen eines Autos dazu benutzen. Unglaublich, aber wahr. Ob das heute noch erlaubt ist, kann ich nicht sagen. Dieses Zugeständnis stammte noch aus der Zeit der Pferdefuhrwerke.

Was nun?

Die Wartezeit war vorbei. Wir bekamen Nachricht vom Architekten. Unser Antrag für den Bau des Kindergartens war abgelehnt worden. Seit kurzem waren neue Bedingungen in Kraft:

Mehr Toiletten und größere Aufenthaltsräume wurden gefordert, also mehr als die doppelte Quadratmeterzahl, als wir geplant hatten. Dieses zu verwirklichen, hätte ein Vielfaches mehr an Dollars verschlungen. Also waren wir gezwungen, unseren Traum aufzugeben. Vielleicht wollten ja die Behörden keine Ausländer haben, uns war alles nicht so verständlich und sogar der Architekt war irgendwie betroffen, wo doch bis dato noch andere Vorschriften galten und er sich genau an diese gehalten hatte.

Immer noch keine Arbeit in Sicht. Die Tiefbohrfirma konnte zurzeit, wie es hieß, keinen neuen Mitarbeiter einstellen.

Von der Administration bekamen wir wöchentlich 30 Dollars, so dass wir uns, wie sie es nannten, Essen und Trinken beschaffen konnten. Aber war es das, was wir wollten? Ganz sicher nicht.

In der Zwischenzeit hatten wir uns an die Aufgabe gemacht, einen Carport aufzubauen. Haben uns Materialien besorgt und losgelegt. Dafür brauchte man sich keine Extra-Genehmigung einholen. Somit würden wir ein ziemlich gekühltes Auto haben und die Tage waren sinnvoll ausgenutzt.

Mein Husten hatte sich nicht gebessert, im Gegenteil sogar eher verschlechtert, was für mich sehr anstrengend war.

Schließlich haben wir auf intensives und direktes Nachfragen, was mit unserer zugesagten Arbeitsmöglichkeit wäre, leider hören müssen, dass es circa noch ein Jahr dauern würde, bis der Einstellungsstopp aufgehoben werden könnte. Sah für uns alles sehr düster aus.

Als die Kinder dann Ferien hatten, haben wir uns überlegt, mal Land und Leute genauer kennenzulernen. Unbedingt wollten wir auch Canberra sehen, Australiens Hauptstadt.

Unsere Erkundungsfahrt

Wir bereiteten uns also vor, um demnächst starten zu können.

Dazu mussten viele Dinge beachtet werden. Pflicht an Bord war vor allen Dingen:

- Wasser und zwar fünf Liter pro Person plus Kühlwasser und

- natürlich Benzin, mindestens fünf Gallonen, so circa 20 Liter, Lagerung nur in einem entsprechenden Behälter.

- Zusätzlich noch wichtige Dinge wie ein Verbandskasten, Werkzeug, Glühkerzen, Keilriemen, Ersatzreifen, Abschleppseil und anderes.

Auf Anraten von Experten hatten wir auch ein Gewehr dabei. Der Grund dafür war, dass wir uns damit gegen verwilderte Tiere, zum Beispiel Dingos, würden zur Wehr setzen können. Eine Waffe war problemlos zu erwerben.

Alle Fensterscheiben mussten immer geschlossen bleiben. Es könnten ja sonst Schlangen oder Spinnen ins Auto gelangen. Schon wenn ich dies schreibe, graust es mir. Damals war ich ja noch jung und nicht so ängstlich, obwohl mein Herz für solche Lebewesen nie geschlagen hat.

Als wir dann endlich alles erledigt und im Auto verstaut hatten, konnten wir starten. Natürlich noch mit Kühltaschen voll Esswaren und Getränken sowie Kassetten mit Abenteuergeschichten für die Kinder, die mein Mann und ich aber auch selber gern hörten, zum besseren Durchhalten. Eine Landkarte für die von uns vorgesehene Route hatte ich griffbereit, wo ich doch sozusagen das Navigationsgerät war.

Unser Abenteuer konnte beginnen. Unterwegs sollte es ja einige Campingplätze geben. Dort würde es möglich sein, einen Wohnwagen zu mieten mit kompletter Einrichtung, war uns gesagt worden. In Deutschland kannten wir so etwas damals noch nicht.

Der erste Ort hieß Alexandria und lag in den Dandenongs. Am Straßenrand stand eine Tafel mit verschiedenen Farben, die die Feuergefahr anzeigte: Bei Rot durfte man keinerlei Feuer machen. Kein Grillen, kein Rauchen. Wer erwischt wurde, bekam eine Strafe aufgebrummt. Ich fand es richtig.

Dann sind wir in die nach Canberra führende Route eingebogen, auf einen unbefestigten Weg von circa acht Metern Breite. Links und rechts befand sich undurchdringlicher Busch. Ein Halt war nur an den dafür gekennzeichneten Punkten möglich.

Wir kamen zu einem Ort, der auf der Landkarte als größerer Kreis eingezeichnet war. Wir dachten, wir würden eine Kleinstadt antreffen, stattdessen konnten wir nur einen kleinen See mit Gaststätte und circa zehn Häusern ausmachen. Alles wirkte auf uns wie in einem Wildwestfilm. Natürlich machten wir dort eine Pause und stiegen mit den Kindern aus.

Beim Zuschlagen der Autotüren rieselte eine mindestens zwei Zentimeter dicke Staubschicht zu Boden. In der Gaststätte gönnten wir uns eine Erfrischung, denn der Durst war in der Hitze immer unbeschreiblich groß. Gleichzeitig erkundigten wir uns nach Übernachtungsmöglichkeiten. Wir haben dann erfahren, dass zwei Kilometer weiter am Ende des Sees ein Wohnwagen-Campingplatz sei. Das war bestimmt etwas für uns.

Plötzlich Schlangenalarm

Als wir wieder in das Auto steigen wollten, entdeckte mein Mann auf einmal eine Kriechspur auf der Reststaubschicht des Autos, die direkt zur Motorhaube führte. Daraufhin rief er laut nach dem Wirt, dass dieser mal nachschauen sollte. Er kam und bat uns, alle vom Auto zurückzutreten. Dann holte er so ein Schlangenfanggerät, das wir noch nie vorher gesehen hatten, wie sollten wir auch? Mit kurzen, schnellen, für uns fast nicht sichtbaren Bewegungsabläufen schnappte er eine circa 60 Zentimeter lange Schlange und warf sie in ein Netz hinein. Wir standen vor Schreck alle ganz starr. Schlagartig war uns klar, warum man kein Autofenster offen stehen lassen durfte.

Dann bedankte sich der Wirt bei uns für die für ihn schnell verdienten fünf Dollar, die er für die gefangene giftige Schlange von der zuständigen Behörde erhalten würde. Wir sind dann weitergefahren zur Übernachtungsstelle, immer noch ein bisschen blass um die Nase.

Wirklich, wir waren sehr überrascht, wie toll die Wohnwagen alle hergerichtet waren. Es fehlte einfach an nichts, weder an Geschirr noch an Töpfen, sogar Wolldecken samt Bettwäsche gab es, denn die Nächte waren kühl. Auch ein Radio konnten wir einschalten. Bei dem Betreiberehepaar bezahlten wir die relativ geringe Gebühr.

Wir wollten eigentlich auch Australiens Ureinwohner treffen, doch Aborigines haben wir leider nicht zu Gesicht bekommen. Es gibt sie aber noch.

Die Hauptstadt Canberra

Am nächsten Morgen fuhren wir dann wieder ausgeruht weiter. Bis auf einige Kilometer vor Canberra immer noch links und rechts des Weges Buschland. Auch viele Eukalyptusbäume mittendrin, die ja, wie wir wissen, bei Feuer wie Zunder brennen und wie ein Explosionsgeschoss mehrere Kilometer weit fliegen können. Diese Bäume sind eine Delikatesse für die putzigen Koalabären.

Heute gibt es nur noch circa 40.000 Koalas. Den Lebensraum dieser Tiere zerstört der Mensch selbst, leider! Viele werden überfahren. Die Eukalyptusbäume werden nicht nur durch Feuer zerstört, sondern auch abgeholzt, um Wohngebiete zu schaffen, obwohl Australien doch so ein riesiges Land ist.

Übrigens, wusstet Ihr, liebe Leser, dass das Symbol Australiens, das Känguru, eine Riesenfeldmaus ist? 50 Millionen gibt es davon heute laut Schätzungen dort.

Endlich waren wir in Canberra, der Hauptstadt Australiens.

Am 12. März 1913 wurde Canberra gegründet, also ist die Stadt heute gerade mal um die hundert Jahre jung. Eine Stadt von faszinierender Schönheit.

Die Frau des Governor-Generals, Lady Denman, sagte damals bei der Einweihung in klarer englischer Sprache: „Ich nenne die Hauptstadt von Australien Canberra."

Jeder müsste dieses Schmuckstück einmal in seinem Leben gesehen haben, mit ihrem Parlaments- und Regierungssitz, der wirklich einmalig ist, ich bin glücklich, dass ich dort sein durfte.

Sogar einer Senatssitzung oben auf der Galerie haben wir beigewohnt.

Da sich Melbourne und Sydney nicht in der Hauptstadtfrage einigen konnten, entstand die neue Stadt Canberra. Man kennt ja den Ausspruch: „Wenn zwei sich streiten, freut sich der Dritte".

Die vielen Botschaften und Konsulate dort (damals schon von 40 Nationen) sind im jeweiligen Landescharakter erbaut worden, was bei den Besuchern auf großes Interesse stößt. Nicht zu vergessen das Kriegsdenkmal, ein imposantes Gebäude.

Vor Ort gab es auch modernste Schulen und zwar Highschools, Technical Colleges und vor allem die National-Universität. In Australien wurde Schulkleidung getragen. Es war schon alles sehr anders, als wir es bis dahin kannten. Aber ich fand, dass ein Vorteil darin lag: So konnte man nicht dauernd von den Klamotten der Kinder ablesen, wie es um den Geldbeutel der Eltern bestellt war. Natürlich gab es auch attraktive Shopping-Center (Einkaufszentren).

Irgendwann aber waren wir total müde und geschafft, so dass wir für die Nacht noch mal einen Campingplatz anfuhren.

"The National Botanic Gardens" hatten wir vorher auch noch aufgesucht. Der Park wurde erst am 20. Oktober 1970 eröffnet. Die erste Anpflanzung war aber schon im Jahre 1950 erfolgt. Es gab noch viele andere Parks, wo man auch picknicken durfte und für die so beliebten Barbecues große Bratroste nutzen konnte.

Unsere Kinder waren ja leider noch zu klein, um all diese Schönheit zu erfassen. Wir haben uns dann doch noch entschlossen, einen Tag für den Besuch der verschiedenen Parks anzuhängen. Die Kinder wollten natürlich die Kängurus springen sehen und auch einen Spielplatz aufsuchen. Haben wir voll verstanden.

Es ärgert mich auch heute noch immer, wenn das Gespräch auf Australien kommt, dass wir damals keinen Fotoapparat dabei hatten, davon war uns abgeraten worden wegen Luftfeuchtigkeit, Schwüle und extremer Hitze.

Noch mal erwähnen möchte ich hier, dass es in Canberra keine Slums, aber auch keine Industrie gibt beziehungsweise gab.

Nach den mehr als schönen Tagen, die wie im Fluge vergingen, machten wir uns wieder auf den Heimweg. Die Rückfahrt führte über eine andere Route, aber auch wieder durch beidseitiges Buschland, ein sehr verwegenes Gebiet.

Der Zahnarztbesuch

Bei meinem Mann machten sich plötzlich starke Zahnschmerzen bemerkbar. Wir also bei Ankunft gleich nach einem Zahnarzt Ausschau gehalten und am nächsten Tag dann hin. Als mein Mann sich dort auf den Behandlungsstuhl gesetzt und der Arzt ihm in den Mund geschaut hatte, war ruckzuck der Zahn weg. Ohne lange zu zögern, kein Bohren, keine Wurzelbehandlung, Zahnerhaltung war also nicht angesagt.

Wir erfuhren, dass im Wasser Kalkmangel bestünde und man eine Tablette täglich zur Vorbeugung einnehmen sollte, sonst drohe der schnelle Zahnverlust. Viele Australier hatten schon mit circa 20 Jahren ein Vollgebiss.

Wir haben den Ratschlag dann natürlich befolgt und alle fünf die Ta-bletten genommen.

Keine Aussicht auf Arbeit

Wir freuten uns aber auch schon wieder auf unser eigenes Bett und den urigen Milchmann, der jeden Morgen pünktlich die Flaschen vor unsere Tür stellte und dann immer rief: „Da, Da", sollte heißen: „Hallo". Wöchentlich wurde abgerechnet. Fand ich eine tolle Sache. Noch nebenbei bemerkt: Es durfte nur geliefert werden, wenn ein etwa ein Meter hoher Stellplatz vorhanden war. Sonst wären alle Schlangen der Gegend von der Milch angelockt worden wie die Bienen von den Blüten.

Zuhause angekommen, sprangen die Kinder gleich in den Pool, den wir hinter dem Haus hatten. Es war so ein großer, aufblasbarer.

Wir holten unsere Siebensachen (oder mehr) aus dem Auto und schauten gleich in den Briefkasten, weil wir stark hofften, dass irgendeine Nachricht da sein würde mit positiven Arbeitsaussichten. Aber leider konnten wir nichts davon entdecken.

Wenn man bedenkt: Es war nun Weihnachten in Deutschland mit Winter und Schnee und hier war es Sommer – für uns natürlich der reinste Wahnsinn.

Mein Mann besorgte erst einmal für uns alle Fish and Chips (Fisch und Pommes frites). Da waren wir direkt wild drauf. Dieses Gericht wurde am Kiosk-Imbiss in Tüten verkauft. Manchmal standen lange Menschenschlangen davor.

Immer dieser Tropenhusten

Mein Mann brachte vom Kiosk auch die Zeitung „Die Woche" mit, ein deutsches Blatt, in der ein Bericht stand, dass 3.690 deutschen Einwanderern 1.018 Rückreisende gegenüberstehen würden. Das war 1969.

Inzwischen, in 1972, war das Verhältnis sogar auf ein Drittel Rückwanderer gegenüber Auswanderern angewachsen. Tja, demnach hatten wir eine denkbar schlechte Zeit für unser Vorhaben erwischt.

Bei mir stellte sich wieder der Tropenhusten ein. Eigentlich war er in der letzten Zeit nie ganz verschwunden gewesen und spätestens jetzt zogen wir die Rückreise nach Deutschland in Erwägung.

Rückkehr nach Deutschland

Wir waren ja sogar noch einigermaßen gut dran, da wir nicht ganz ohne Geld dastanden. Aber wenn gar nichts dazukommen würde, hätte es auch bei uns bald dramatisch ausgesehen.

Übrigens hat mal ein Einwanderer zu uns gesagt, dass man unbedingt Rückfahrgeld zur Seite legen sollte. Dieses sei nur ein kleiner, aber wichtiger Tipp, denn es habe tatsächlich schon mehrere Leute gegeben, die sich das Leben genommen haben, weil sie keine Arbeit fanden und somit keine Unterstützung bekamen, aber auch keine Möglichkeit hatten, zurückzukehren.

Außerdem dachten wir an Stefan, der ja dann den Beginn des Schuljahres in Deutschland wahrnehmen könnte. Nicht zu vergessen mein starker Tropenhusten. Auch musste das Haus, wenn möglich ohne Verlust, verkauft werden.

Wir informierten die Behörden über unsere Entscheidung.

Wie ich so durch das Haus ging, dachte ich, eigentlich wäre es direkt schade, von hier wegzugehen, und mir kamen plötzlich wieder Zweifel. Vielleicht sollten wir doch noch bleiben? Doris und Charly würden sich sehr freuen, sagten sie, wenn wir unseren Entschluss noch mal zu Gunsten von Australien überdenken würden.

Schließlich haben wir uns dann doch zu der Rückreise entschlossen.

Würde natürlich wieder reichlich Geld verschlingen. Unseren Hund haben wir dann auch wieder von England, dort war er noch, zurück nach Deutschland beordert. Schaden hat er nicht davongetragen. „Gott sei Dank", haben wir gedacht.

Den von der Regierung ausgelegten Preis für den Flug von Köln nach Sydney mussten wir zurückerstatten.

Erst nach zwei Jahren Aufenthalt wären uns die Kosten erlassen worden. So musste auch der Retourflug von uns bezahlt werden.

Als Nächstes beauftragten wir ein Büro, sich an den Verkauf des Hauses zu machen. Tatsächlich kamen viele Interessierte vorbei. Den Zuschlag erhielt später eine Familie aus Neuseeland.

Zurück oder lieber doch nicht?

Ob Sie es glauben oder nicht, liebe Leser, gerade als wir das Haus verkauft hatten, alles gepackt und auf Abreise gepolt waren, sagte die australische Regierung meinem Mann Arbeit in seinem Job als Brunnenbau-Wasserexperten zu.

Aber nun wollten wir nicht mehr bleiben, allein schon wegen meines immer stärker werdenden Tropenhustens.

Wenn ich jetzt so alles noch mal an mir vorbeiziehen lasse, hat der liebe Gott hier in Deutschland oder später auch in Spanien mit uns noch viel vorgehabt.

Ich sage es hier einfach mal so. Und ich habe es ja auch in meinen letzten beiden Büchern zum Teil beschrieben.

Von den Eltern hörten wir per Brief, dass sie die Firma inzwischen verpachtet hätten. Das war uns total recht. So konnte sich mein Mann woanders eine Arbeitsstelle suchen und, so dachten wir, es würden die dauernden Bevormundungen erheblich abgebaut werden.

Leider haben wir später erfahren, dass die Nachricht, die Firma sei in anderen Händen, eine Lüge gewesen war, vielleicht eine Notlüge, um uns wieder nach Hause zu bekommen. Inzwischen war ich sehr misstrauisch geworden.

Formulare, Formulare

Aber zuerst mussten wir unsere Rückreise organisieren mit allen dazugehörenden Formalitäten. Natürlich, nicht zu vergessen, auch die ganzen persönlichen Dinge wiedereinpacken.

Fünf Personen hatten schon so allerhand Krimskrams, wie man sich ja vorstellen kann. Von der Spedition Schenker wurde alles abgeholt und später auf dem Seeweg zurücktransportiert.

Wir sind dann vom Flugplatz Melbourne aus mit Quantas gestartet.

Den ersten Schock bekamen wir, als wir feststellen mussten, dass für Christina, unsere jüngste Tochter, seitens der Fluggesellschaft kein Extra-Platz vorgesehen war. Es war wohl angenommen worden, dass sie noch klein sei und eine Babytragetasche reichen würde, wie auf dem Hinflug auch.

Also blieb uns nichts anderes übrig, als die Kinder abwechselnd auf verschiedenen Plätzen sitzen zu lassen. Einmal auf dem Schoß von meinem Mann oder meinem, einmal auf einem Platz. Man kann sich das ja über die Dauer des Fluges und zwar 72 Stunden lang so ungefähr vorstellen und dazu noch die Zwischenlandungen einschließlich der notwendigen Servicearbeiten.

Wir sind auch in Singapur zwischengelandet. Während ich dies niederschreibe, im April 2014, wird gerade in den Medien von einem Absturz der Malaysia Airline berichtet. Die Passagiere und die Crew konnten bisher leider nicht gefunden werden. Auch wir haben damals den Indischen Ozean überflogen, aber ehrlich gesagt kam uns nie eine Absturzmöglichkeit in den Kopf. Dabei hätte es jederzeit sein können...

Später dann der Schock für uns, als der Kapitän per Lautsprecher durchgab, dass wegen des schlechten Wetters keinerlei Aussicht auf Landung in Hamburg bestünde, es musste London angeflogen werden. Was nun?

Wir, mein Mann und ich, die Kinder weniger, waren vom Flug besonders angegriffen. Wohl durch Schlafmangel zeigten sich eine große Erschöpfung und auch Drehschwindel bei uns.

Nach der Landung in London konnten wir, ich weiß es noch wie heute, unmöglich ohne Hilfe aussteigen, die wir dann durch die Crew erhielten. Diese war ja während des

Fluges schon zum dritten Mal ausgewechselt worden. Wir hingegen waren immer noch dieselben Passagiere.

Der Kapitän nahm unsere kleine Tochter ohne weitere Worte auf den Arm, die Flugbegleiter schnappten sich unser Bordgepäck und gingen mit uns bis zu einem kleinen Flugzeug, das uns nach Hamburg bringen sollte. Denn zwischenzeitlich bestand wieder, trotz der ungünstigen Wetterlage, für kleine Maschinen Flugmöglichkeit. Wir bedankten uns ganz herzlich bei der Quantas-Besatzung. Diese menschliche Seite hat uns total beeindruckt.

In Hamburg sind wir gut gelandet und bezogen erst mal in einem Hotel in der Nähe des Flughafens Quartier. Niemals wieder habe ich ein so starkes Schlafbedürfnis empfunden.

Wieder in Deutschland

Nun mussten wir uns langsam wieder an den Alltag in Deutschland gewöhnen. Viele Bekannte und Verwandte ließen so Bemerkungen los wie: „Das haben wir ja gleich gewusst." Na ja, damit mussten wir rechnen. Aber unsere Erlebnisse dort auf dem fünften Kontinent kann uns keiner nehmen!

Nach einigen Wochen waren auch unsere Möbel – und nicht zu vergessen der Hund – wieder da. Ihm hatten die Reise nach London, das Leben dort und die Rückreise anscheinend nicht geschadet, wie ich schon erwähnt habe.

Ein paar Jahre später sind wir dann nach Berlin gezogen. Irgendwie kann man uns schon als „Wanderer" bezeichnen.

Wir, mein Mann und ich, werden aber, so lange es geht, diesen Weg weiter einschlagen und offen sein für Neues, neue Länder und neue Menschen.

Inzwischen leben wir ja ohne Kinder, die nun ihre eigenen Familien haben, und seit kurzem leider auch ohne unseren treuen, bereits dritten Hund.

Werke der Autorin

100 Seiten, 8,80 Euro, Books on Demand
ISBN 978-3-8448-8491-3

In ihrem ersten Buch erzählt Rita Hadler vor allem von den Jahren, in denen sie zusammen mit ihrem Mann als Verwalterehepaar eines spanischen Campingparks an der Costa Dorada tätig war.

Sie schildert in lebhafter, gut lesbarer Sprache das ungezwungene legere Leben im Wohnwagen, die Kameradschaft unter den Campern verschiedenster Nationalitäten, aber auch die lebensgefährliche Krankheit ihres Mannes, die sie beide zur Rückkehr nach Deutschland zwang.

80 Seiten, 6,80 Euro, Books on Demand
ISBN 978-3-7322-2691-7

Die Autorin beschreibt in kurzweiligen Erzählungen ihre Reisen zwischen Deutschland und Spanien im Wohnwagen mit Mann und Schäferhund. Mit ungeschminktem Blick und Humor beobachtet sie die Eigenheiten beider Länder. Darunter mischen sich interessante Erinnerungen an ihre Kindheit.

Es ist eine persönliche Mischung aus Camper- und Reisetagebuch sowie eine Lebensbilanz – unbedingt lesenswert!